Schöner ist es wohl im Himmel

FSC
www.fsc.org

MIX

Papier aus ver-
antwortungsvollen
Quellen
Paper from
responsible sources

FSC® C105338

Blandine Renard

Schöner ist es wohl im Himmel

Ein Gespräch

Bibliographische Information der deutschen
Nationalbibliothek
Die deutsche Nationalbibliothek verzeichnet diese
Publikation
in der Deutschen Nationalbibliographie;
detaillierte bibliographische Daten sind im Internet
abrufbar über:
<http://dnb.dnb.de

©2022 Blandine Renard
1.Auflage August 2022
Abbildung: Nicolas Debray, Pixabay
Herstellung und Verlag: BoD - Books on Demand,
Norderstedt
ISBN: 9783756222582

Ich bin gestorben dem Weltgetümmel,
Und ruh' in einem stillen Gebiet!
Ich leb' allein in meinem Himmel,
In meinem Lieben, in meinem Lied!

Friedrich Rückert
Ich bin der Welt abhanden gekommen

Prolog

Dann sah ich einen neuen Himmel
und eine neue Erde;
denn der erste Himmel
und die erste Erde sind vergangen,
auch das Meer ist nicht mehr.
Der Tod wird nicht mehr sein,
keine Trauer, keine Klage, keine Mühsal.
Denn was früher war, ist vergangen.
Off.21,1-7

Abschied

Sie: Mein Engel, wie war das denn heute, als Du von uns weg gingst?

Engel: Es war ein einzigartiges Erlebnis, ich schwebte über mir, sah mich da liegen, schlafend, mein Körper blieb zurück, meine Seele flog einem strahlenden Licht entgegen durch einen hellen Tunnel, unbeschreiblich glücklich war ich, voller Euphorie.

Sie: Wie kanntest Du Dein Ziel, den Weg dorthin?

Engel: Ein großer Vogel kam, hielt mich fest und strebte dem Licht entgegen immer weiter und höher in den Himmel, es war wie eine nie endende Reise.

Sie: Was ist der Tod, ist das das Ende?

Engel: Der Tod ist Schein, es gibt ihn nicht in Wirklichkeit, es ist nur eine Verwandlung. Verlassen hat mich eure Welt, sie zieht weiter ohne mich. Das eine Leben geht und ein anderes wird geboren. Mein Tod in dem irdischen Dasein wurde zu meiner Geburt in der geistigen Dimension. Ich bin von einem langen Traum aufgewacht.

Sie: Warum bist Du im Frühling gegangen und woher wusstest Du, dass Du gehen musstest, warst Du darauf vorbereitet?

Engel: Der Frühling ist immer ein Neubeginn, es ist die Zeit der Blüte, des Erwachens, ohne Frühling gibt es kein Weiterleben in der Natur. Ich hatte eine Bestimmung, meine Zeit auf Erden war abgelaufen, ich habe hier alles erledigt, meine Aufgabe war erfüllt. Ich spürte es innerlich, mein

Herz wurde zu groß, es gab keinen Platz mehr für andere dort, es zerbrach. Da hörte ich aus der Ferne den Ruf, es zog mich dann hin zu diesem geheimnisvollen Ort.

Sie: Ich wollte dich noch so viel fragen und hatte keine Zeit mehr. Für mich ist es sehr schmerzhaft, dich plötzlich zu verlieren.

Engel: Ja ich weiß, aber Du kannst mich immer fragen, ich schicke dir eine Antwort, meistens in deinen Träumen nachts. Rufe mich, ich höre dich. Die Tiere - das bin ich auch, die weiße Wolke, die vorbeizieht, dort bin ich.

Sie: Wie kannst Du mit uns in Verbindung bleiben?

Engel: Ich kann alle Menschen sehen und mit Ihnen in Kontakt kommen, die ich zuvor kennengelernt hatte. Verbunden sind wir alle geistig-seelisch, wenn die Stimmung und Situation dafür gegeben sind.

Übergang

Sie: Heute haben wir etwas der Erde zurückgegeben.

Engel: Ja ich spürte das, aber es ist ja nur meine äußere Hülle. Nur ein Teil von mir ist gegangen. Die Seele ist im Körper gefangen und somit eingeengt in ihrer Erfahrung, sie ist befreit und lebt weiter in deinem Herzen. Ich habe jetzt die Form verlassen und bin in die Bewegung getreten.

Sie: Es war sehr schwierig für uns alle hier zu stehen und der Tatsache ins Auge zu sehen, dass Du nicht mehr hier bist.

Engel: Deine Realität ist nur Illusion, etwas was dein Geist definiert. Eine bildhafte Vorstellung.
Glaube mir, nichts ist so wie es scheint.

Sie: Und was bedeutet jetzt dein Sein im Himmelsreich?

Engel: Die geistige Existenz ist jetzt meine Welt. Ich bin immer noch dort bei Euch und gleichzeitig hier, einfach überall.
Ich bin nicht tot, ich bin in Euch, in dir. Du kannst mich nicht sehen, aber spüren, jeden Tag.

Sie: Ich erlebe dies immer wieder neu und jetzt weiß ich, dass Du noch da bist und oft sehr nah. Jetzt lebst du in mir weiter, dennoch, ein Teil von mir ist weggegangen mit dir. Mein ganzes zukünftiges Leben ist aus meinem Herzen gerissen.

Engel: Ich kann deinen Schmerz spüren, aber keine Angst, dein Herz ist bei mir, mein Herz ist bei dir, das ist sehr schön, denn wir sind für immer eins.

Sie: Mein Engel ich vermisse dich so sehr, sehen wir uns wieder?

Engel: Irgendwann werden wir alle wieder vereint und dann für immer zusammenbleiben, aber deine Aufgabe ist noch nicht zu Ende dort, wo Du bist, Du bist noch wichtig auf der Erde, aber ich warte auf dich, hole dich ab und empfange dich, wenn es soweit ist.

Sie: Was kann ich nur tun, um nicht traurig zu sein hier auf Erden, etwas gegen mein großes Leid?

Engel: Denke an mich und das Wiedersehen, an die Unendlichkeit, und dass alles nur ein Traum ist du solltest ganz anders leben und nur tun, was dir Spaß macht. Finde die spirituelle Dimension deines Lebens. In deinem geistigen Garten gib nur den Samen Wasser, die wachsen und sich verändern sollen. Denke immer daran – alles ist vergänglich jedes Leid, jeder Schmerz – am Ende gelangst Du zu dir selber und zur Glückseligkeit.

Sie: Welchen Sinn hatte es für dich hier zu leben?

Engel: Mich vorzubereiten auf was danach kommt, im Jenseits, die Menschen auf die Probe zu stellen, ob sie es wert sind auf Erden zu leben. Ich half denen, die es nicht schafften zu leben oder die einsam waren. Liebe zu schenken, bedingungslos das war mein Ziel. Ich habe nicht umsonst gelebt.

Sie: Woher hattest du die Kraft dazu?

Engel: Von dir, denn Du gabst mir alles, was ich brauchte um stark zu sein in Eurer Welt. Du warst und bist meine beste Freundin.

Ankunft und Geburt

Sie: Wem bist Du im Himmel zuerst begegnet, als Du eintrafst?

Engel: Meine größte Liebe nahm mich in Empfang, ich hatte sie so vermisst.

Sie: Das freut mich zu hören, ist sie auch ein Engel so wie Du?

Engel: Sie bleibt mein Schutzengel, sie begleitet mich weiter auf meinem Weg.

Sie: Hast Du deine Vorfahren getroffen?

Engel: Eines meiner schönsten Erlebnisse war die erste Begegnung mit denen, die vor mir gingen. Wäre ich nicht hier, hätte ich sie nie kennengelernt.

Sie freuten sich, dass die Geschichte weitergeschrieben wird; ich bin eine Fortführung des Lebens meiner Familie. Dadurch ist nichts endlich, alles geht weiter und verändert sich ständig.

Sie: Erzähle das mal genauer, das interessiert mich sehr.

Engel: Stell dir vor, ich begegnete einem jungen Mädchen, eine Tante von mir, sie ging von der Erde zum Ende des Winters, sie ist so alt wie ich. Für mich ist sie wie eine gute Fee und bringt mir das Fliegen bei.

Sie: Beschreibe mir, was ist so anders, dort wo Du bist?

Engel: Alles ist in fließender Bewegung. Nichts bleibt unverändert. Ständiger Wandel lässt das Leben nicht stillstehen.

Das Äußerliche hat hier keine Bedeutung. In meinem vorigen Leben war das Sichtbare vergänglich. Hier ist das Unsichtbare ewig.

Sie: Wie waren deine ersten Eindrücke bei der Ankunft und wie fühltest Du dich dabei?

Engel: Ich wurde von einem ganz hellen Licht und Wärme umgeben, ich hatte ein Gefühl von Leichtigkeit, Schwerelosigkeit. Ein nie zuvor erlebter Duft belebte meine Sinne. Ich fühlte mich gleich sehr wohl und wusste, ich bin angekommen, zu Hause.

Sie: Wie schön, das kann man sich gar nicht vorstellen, man möchte das auch hier erleben.

Engel: Ja tatsächlich ist es etwas völlig Neues und unbekanntes, eine himmlische Welt, nicht zu beschreiben.

Sie: Hast du auch deine Freiheit gefunden?

Engel: Die Freiheit, das war mir das wichtigste, tun und lassen, was ich will ohne Grenzen oder Gesetze, fliegen wohin ich möchte. Mein Körper engte mich ein, meine Seele ist frei, mein Geist ohne Grenzen und Leiden breitet sich aus.

Sie: Vermisst Du das irdische Leben kein bisschen?

Engel: Nein, denn ich bin reicher als zuvor, meine Seele ist endlich angekommen. Ich lebe jetzt viel intensiver.

Sie: Ich bin so glücklich, wenn ich feststelle, dass du in meiner unmittelbaren Nähe bist, obwohl Du so weit weg bist. Dann habe ich immer starkes Herzklopfen.

Engel: Tatsächlich erscheine ich dir öfters am Tag, wenn der Wind deine Wangen streicht, oder Regentropfen deine Haut benetzen, das bin ich, oder das Meer dich umgibt, wenn der Vogel über dir kreist, dann bin ich da. Ich umarme dich öfters, das spürst du. Wenn Du dich auf den Boden legst, Kontakt zur Erde hast, bist Du mit mir verbunden.

Sie: Ich freue mich immer, wenn ich Wolken sehe, warum nur?

Engel: Weil ich Sie Dir schicke, und wenn es dann regnet meist in der Nacht, dann weißt Du, dass ich in deinem nächsten Traum wieder zum Leben erwache.

Die neue Welt

Sie: Erzähle mir genau wie es ist, dort wo du bist, wie kann ich es mir vorstellen?

Engel: Man kann das kaum in Worte fassen, es gibt ja keine Materie, keine feste Form, nur eine klare, hellblau schimmernde Atmosphäre, eine Art Blütenmeer liegt unter mir ausgebreitet über den Wolken. Eine unendliche Weite erstreckt sich vor mir, viel Raum, keine Welt. Die Tiere sind faszinierend vielfältig, sie kommen und gehen, ich kann mit ihnen reden. Ich verstehe alles, was sie äußern. Es gibt weder Hunger noch Durst, man braucht nicht essen um zu leben. Kein Engel ist einsam oder traurig, es gibt weder Schmerz noch Leid, nur Freude und eine allumfassende Liebe.
Ankunft ohne Abschied – das ist ein Phänomen.

Sie: Welche Tiere triffst Du dort?

Engel: Alle die von Euch weggegangen sind.

Es gibt zum Beispiel Millionen von Schmetterlingen, die in Dunkelheit golden leuchten. Viele verschiedene Vögel mit gläsernen Federn begleiten meinen Flug, andere Lebewesen schweben mit Leichtigkeit umher.

Die Tiere spielen hier eine große Rolle, sie sind es, die schon immer die Seele der Menschen erreichten und dem Himmel noch näher waren als wir. Sie alleine kennen die Wahrheit.

Sie: Du redest von Dunkelheit, ich dachte alles ist sehr hell?

Engel: Im All ist es dunkel aber wir finden uns trotzdem dort zurecht. Wunderbar ist, wenn goldene Funken oder grelle Blitze leuchten, oft sind es auch nur breite Lichtstrahlen, die dir den Weg zeigen. Wenn Glühwürmchen ihr Licht auf der Erde verlöschen, sind sie hier zu sehen. Ein Meer von leuchtenden Punkten.

Sie: Musik spielte immer eine große Rolle in deinem Leben auf Erden, fehlt sie dir nicht?

Engel: Die Klänge und Töne der Unendlichkeit sind einzigartig und sind immer gegenwärtig, das ist Nahrung für die Seele. Jeder kann nur das hören, was seiner Natur entspricht. Niemals empfindet man Lärm oder Misstöne. Gerne lausche ich den Stimmen der Tiere, dem Klang der vielen Vögel.

Sie: Wie ist das mit Empfindungen, hast Du noch Gefühle?

Engel: Ja, man fühlt sich immer sehr wohl, weil man nur von vollständigem Glück, Freude und Euphorie umgeben ist.

Sie: Gibt es Hilfe, um vergessen zu können, was man nicht im Gedächtnis behalten möchte?

Engel: Auf jeden Fall, das ist ja das Schöne an dieser meiner Welt. Man lebt hier ohne Gestern oder Morgen, nur im Jetzt. Wenn ich negative Erinnerungen verlieren möchte, gehe ich zu einem kleinen Bach, er hat keine Quelle und er endet nie. Wenn ich von diesem Wasser trinke, wird das unheilsame Gedächtnis gelöscht. Heilsame Gedanken bleiben erhalten.

Sie: Mich interessiert, wie Du jetzt aussiehst?

Engel: von mir ist nur noch der Geist geblieben, ich bin wieder geboren, aber ohne äußere Form und zeitlos.
Wenn Du aber zu mir kommst, kannst du mich und meinen früheren Körper wieder sehen, genau wie in deinen Träumen, dort bleibe ich auch wie Du mich in Erinnerung hast.

Sie: Gerne würde ich wissen, was du momentan machst?

Engel: Ich mache, was ich mir immer sehnlichst wünschte. Meine Freiheit genießen, ich tanze und höre Musik, und schlafe, wann immer ich möchte. Eine wohlige Wärme umgibt mich ständig. Ich lebe in einer ruhigeren Welt. Das Fliegen ist ein unbeschreibliches Erlebnis, es gibt nichts Schöneres als im Weltraum zu schweben.
Ich bin nur Zuschauer und stiller Beobachter des Lebens auf der Erde.

Sie: Meine Gedanken, siehst Du sie?

Engel: Ich entdecke alles, was dich geistig bewegt und beschäftigt. Deine ganze Welt wird von uns Engeln gelenkt und bewegt.

Sie: Sehr gespannt bin ich auf das Weltall, es muss unfassbar sein.

Engel: Als Bewohner meines Himmels bin ich im endlosen, weiten Kosmos überall, ich lebe manchmal auf einem Stern und leuchte am Abend, Du siehst mich oft an!
ich bin sehr weit entfernt und gleichzeitig sehr nah.

Sie: Siehst du auch den Mond wie wir?

Engel: Vor mir leuchten alle Sterne und Planeten.

Sie: Welches Alter hast du jetzt?

Engel: Jeder Engel bleibt unverändert, so wie er hier eintrifft. Meine Jugend wird mich für immer begleiten, aber der Körper existiert nicht mehr.

Sie: Wenn Kinder oder Jugendliche von uns gehen, wie triffst Du sie?

Engel: Wenige kommen zu uns, ich rufe sie zu uns. Sie werden dann Wesen wie ich, kleine neu geborene Engel. Bei Ihrer Ankunft kümmere ich mich gleich um sie.

Sie: Warum kann man hier immer noch die Stimmen hören von Menschen, die gegangen sind?

Engel: Weil Du die Verbindung zu diesen Menschen nie verloren hast, und weil es ewiges Leben gibt, die Menschen leben weiter.

Sie: Wie beginnt der Tag, wie endet er?

Engel: Wir haben keinen Anfang und kein Ende, ich bin da, ich fliege oder schwebe, schaue auf Euch und helfe, wo ich kann, ich treffe viele andere Engel und suche immer wieder die Vorfahren meiner Familie.

Sie: Kommen Menschen auch zurück zu uns?

Engel: Jeder Engel darf selber entscheiden, ob er zurückkehrt. Dann hat man auch die Wahl, in welcher Form man wieder ins Leben tritt, eine Möglichkeit ist ein Baum zu werden. Man steht dann mehrere hundert Jahre und spendet Trost, denen die den Wald aufsuchen. Aber es gibt auch die Reinkarnation, davon erzähle ich Dir später.

Mission

Sie: Was ist der Zweck deiner Existenz, dort wo Du bist, Deine Aufgabe?

Engel: Ich bin hier, um geliebte Menschen auf den richtigen Weg zu führen, denen zu helfen, die in Not sind auf Erden. Ich gebe ihnen die Gedanken und Impulse, die sie brauchen zum ewigen Glück. Ich beschütze Eure Seelen auf Erden. Ich rufe die Menschen zu mir, wenn es Zeit ist und nehme sie in Empfang.

Aber ich kümmere mich auch um die Tiere, sie zu schützen vor den Menschen und Ihnen Ihren natürlichen Lebensraum zurückzugeben, das ist ein großes Anliegen von mir.

Sie: Wie sieht das konkret aus?

Engel: Da ich mit allen Tieren reden kann, rufe ich sie, wenn sie in Gefahr sind und bringe sie mit Euch in Verbindung, wenn sie es wünschen. Ich versuche Euer Verhalten zu beeinflussen zum Wohl des Tieres. Du weißt ja, dass in manchem tierischen Lebewesen ein Mensch verborgen ist, der zurückkommt auf die Erde.

Sie: Kaum vorstellbar ist, wie Du uns beobachten kannst.

Engel: Ich habe keine Augen mehr aber ich kann euch sehen, ich kann in Gedanken in eure Seelen mit euch zusammenkommen. Ich bin eigentlich ständig bei dir, nur Du siehst mich nicht. Nur wenn ich an dich denke, berühre ich schon deine Seele.

Sie: Siehst Du die Zukunft?

Engel: Es gibt nur das Jetzt, kein Morgen. Ich weiß nur, wenn der Traum auf Erden beendet ist, sind wir alle in meiner Welt.

Sie: Von Anfang an begleitet uns ein Milan – nie zuvor hatten wir ihn bemerkt.

Engel: Tatsächlich bin ich das, wenn ich Euch besuche. Das ist eine Art Metamorphose. Manchmal komme ich in einem anderen Tier oder Du siehst einen strahlenden Stern, das bin ich. Immer wieder begegnen dir Menschen, die mir ähnlich sind, oder fast mein Ebenbild sind und die einfach etwas ausstrahlen, dass dich an mich denken lässt. Du fängst dann an, in Kontakt zu treten mit dieser Person, eigentlich mit mir, uns so ist es, als ob ich nie weg war. Glück und Zufriedenheit kehren damit zurück in dein Leben.

Sie: Dein Einfluss auf unser Leben, wird uns Menschen das bewusst?

Engel: Nein, Du merkst davon nichts. Ich lenke deine Wege entweder in den Träumen, indem ich dort eine heilsame Wirklichkeit für dich schaffe oder durch Begegnungen, die ich dir ermögliche. Ich sagte dir bereits, dass ich in den Träumen meine Gedanken über das Leben schicke, auch tags bin ich neben dir, und lenke deine Wege. Durch ständige geistige Interaktion mit dir führe ich dich auf den rechten Pfad, auf den Weg zu dir selber, und behüte dich, wo immer du bist, schütze dich vor Gefahren.

Sie: Gibt es noch Zufälle in meinem Dasein?

Engel: Das ist sehr unwahrscheinlich, denn das Karma ist vorbestimmt.

Sie: Als Du noch nicht in der neuen Welt warst, wer führte mich bisher im Leben?

Engel: Derjenige, der vor mir ging und die engste Verbindung zu dir hatte.

Sie: Wann weiß ich, dass es Zeit ist zu gehen?

Engel: ich hole dich zu mir, wenn es so weit ist, du merkst das, denn ich schicke dir Zeichen.

Sie: Ich bin noch gerne hier und lebe für meine Lieben auf Erden.

Engel: Freue Dich auf später, darauf hier anzukommen, dieses Sein ist noch viel wertvoller und reicher als Du es je erlebt hast. Die Vorfreude wird dein Leben bereichern und deinen weiteren Weg beleuchten.

Sie: Sag mal, wenn wir uns wiedersehen, können wir dort weiterreden, wo wir aufgehört haben?

Engel: Unsere Beziehung setzt sich fort, als wäre nie eine Unterbrechung gewesen, und Du kannst mich in meinem früheren Körper sehen.

Erleuchtung

Sie: Was macht dich jetzt so glücklich?

Engel: Ich bin erlöst, habe gefunden, was ich suchte, mich selber, meine Seele und habe jetzt das unendliche Leben vor mir. Endlich kann ich mein inneres Buch lesen und verstehen, ich kann jetzt endlich die Dinge sehen, wie sie wirklich sind. Alle meine Wünsche, die ich mir ausdenke, gehen in Erfüllung.

Sie: Gibt es Frieden bei dir?

Engel: Es umgeben mich ewige Ruhe und Stille, und eine tiefe Glückseligkeit.

Sie: Jetzt habe ich Hoffnung und ich keine Angst mehr vor dem Tod.

Engel: Das ist das Ziel im Leben, alles loszulassen und sich zu freuen, auf das, was noch kommt - das Ende ist der Anfang.

Sie: Aber was bedeutet Wiedergeburt?

Engel: Am Tag meiner Ankunft hier werde ich gleichzeitig auf Erden wieder geboren, ich lebe erneut als Kind bei anderen Menschen mit der Bestimmung, die mir mein früheres Leben gab. Ich kann mich sehen und lenken, denn ich bin mein eigener Geistführer. Ich passe auf mich auf zu jeder Zeit. Ich beschütze meine Seele in meinem neuen wieder geborenen Leben.

Sie: Wie wunderbar, Du manifestierst dich somit im Himmel und auf Erden.

Engel: Nichts geht verloren, nichts entsteht, alles verwandelt sich.

Sie: Wird unsere Welt eines Tages untergehen?

Engel: Das kann passieren, wenn die Menschen so weiterleben, wie bisher und Ihre Welt nicht heilen können.

Sie: Was geschieht dann mit uns?

Engel: Es gibt einen neuen Planeten, auf dem Leben mög-
lich ist, dort bin ich hingeflogen, um das zu erfahren: ein
Paradies, Worte können es nicht beschreiben. Es ist eine
Zwischenstation zu meiner Welt, wenn es die Erde nicht
mehr gibt, aber das irdische Leben noch nicht beendet ist.

Sie: Das ist sehr beruhigend, man möchte meinen, „jemand"
hat für uns geplant und vorgesorgt.

Engel: Vergiss nie, deine Reise ist noch nicht zu Ende, dein
Weg noch sehr lang.

Sie: Ich möchte immer mir Dir in Verbindung bleiben, dies
ist so wichtig für mich.

Engel: Ich bin für Dich da und freue mich von dir immer wieder zu hören, Dich zu sehen, Deine Spuren auf Erden zu lesen. Ich bin in deinem Herzen.

Sie: Mach's gut mein Engel, ich liebe dich.

Epilog

Mondnacht
Es war, als hätt' der Himmel
Die Erde still geküßt,
Daß sie im Blütenschimmer
Von ihm nun träumen müßt'.

Die Luft ging durch die Felder,
Die Ähren wogten sacht,
Es rauschten leis' die Wälder,
So sternklar war die Nacht.

Und meine Seele spannte
Weit ihre Flügel aus,
Flog durch die stillen Lande,
Als flöge sie nach Haus.
Joseph von Eichendorff